KB202320

인생한줄
웃음한줄

최교수's 한줄세상

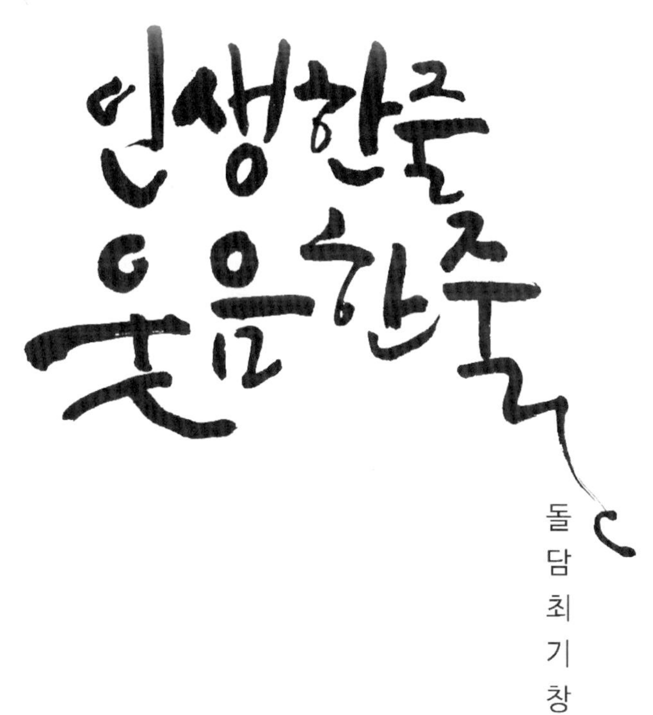

도서출판 그림책

인생한줄 웃음한줄을 내며

최기창

충남 천안 출생, 강원 원주 거주
문학박사(특수교육학), 경영학 박사
현, 상지대학교 재활상담학과 교수
저서 : 돌담한줄1, 엄마, 돌담한줄2

노래하듯 흥겨웁게

시를 쓰듯 생각하며
순간을 살고
노래하듯 흥겨웁게
오늘을 살며
밥을 먹듯 진지하게
세월을 보내렵니다.

돌담 최기창

차례

1장 인생한줄

2장 웃음한줄

인생한줄

다행

오늘같은 내일을
기다린다면
다행인거다
올해같은 내년을
기다린다면
더
다행인거다

알면서도

다행인 줄 알면서도

더-
다행이고 싶네

넘치는 줄 알면서도

더-
넘치고 싶네

인생

인생을
승부처럼 산다면

구경꾼만
재밌습니다

행복

어쩌면
행복은
불행하지 않은 것일지도 모릅니다

다행

오늘같은 내일을 기다린다면
다행인 거다

올해같은 내년을 기다린다면
더-
다행인 거다

변화

이대로면
그대로다!

일

누군
쉬려고 일하고

누군
일하려고 쉬고…

오늘과 내일

내일 할 일을
오늘 하면

내일은
할 일이 없습니다

돌

산돌을 집어
강으로 던졌더니

강돌이 되었네

어려움

이루기란
참-
어렵지요

포기하기란
더-
어렵답니다

살고 있지

저지르며 살고 있지
피해주며 살고 있지

그럭저럭
잘- 살고 있지

세월

하루가 가네

1년같은
하루가 가네

한 해가 가네

하루같은
1년이 가네

길

앞을 보면
갈 길이 보이고

뒤를 보면
온 길이 보이지

세월

기다리니
아니 오고

돌아보니
바삐 갔네

싶다

오르고 싶다
쭈욱-

빠지고 싶다
푸욱-

우리

산이라서
귀하고

물이라서
소중하듯

너라서
귀하고

우리라서
소중하다

늙음

어제같은
오늘을

내일도
사는 거…

꺼리

꺼리가
넘친 젊음

꺼리가
마른 늙음

하산

이제
내려갈 때가
되었습니다

오르신
딱 그만큼만
내려가시면 됩니다

날

태어나기 좋은 날!
있지요

죽기에 좋은 날!
없습니다

어른

지난날엔

어른같은
애가 되고 싶었지

지금은

애같은
어른이 되고 싶다네

쪽!

냉커피 빨대에서
'쪼옥' 소리 나면
다- 빤 거다

그런 느낌이
내게서도 난다

살기

잘해보려 살지만
잘못하며 살고

보람차려 살지만
후회하며 살고

행복하려 살지만
고민하며 살고

해내보려 살지만
포기하며 살고…

인내

익을 때까지
견뎌낸 열매만이

영근 씨앗을
품는다지요?

내일

참
다행이잖아요?

내일이 있는
오늘이라서…

시처럼

시처럼 살긴
어렵지만

시를 생각하며 사는 건
행복일거야

절망

절망에
꽃이 피면

그래도 예쁠까?

나무와 새

슬픈 나무 앉은 새
슬피 울고

기쁜 나무 앉은 새
기쁜 노래 부른다네

선

그 선을
넘지 마세요

다칩니다

일출

술에 젖어
만났네

물에 젖은
아침 햇님

길

가는 길
물어물어

여기까지
왔건만

이제부턴
나 홀로

묻지 말고
가라 하네

꽃 날

이제나
저제나

꽃 날만
기다리다

질 날이
가깝네

끝

끝이 보이면 행복합니다

독한 여자

남편보다 먼저 간 아내

벽

넘지 못할
벽을 만나

그 벽에
기대었네

등신 도마뱀

꼬리를
자르려다

다리를
잘랐네

백사장

너도 참
치열하게 버텼구나!

찍힌 발자국 보니…

신이시여! 너무 바빠요!

다 -
니가 저지른 일이니라!

다섯-쉰 살

다섯 살 아이는
다 컸다고 생각하고

쉰 살 어른은
멀었다고 생각하고

나

공/갈/빵/

업

버리고 산다고요?

모르면 몰라도
부여잡고 사실 걸요?

내려놓고 산다고요?

모르면 몰라도
등짐지고 사실 걸요?

싸움

가진 자끼리 싸우면
볼만하지만

없는 자끼리 싸우면
측은하지요

조문길

빈손으로 왔다가
빈손으로 간다죠?

그보다
더 힘들고 두려운 건

혼자서 왔다가
혼자서 가는 거 아닐까요?

닭

방목 닭이 행복할까?

인생이란

인생이란 건 말여
좋다가 마는 거여…

애도

걸음 떼기
어렵고

문지방 넘기
힘겹더니

어찌 그리
쉽사리

하늘엔
올라가셨소?

인생

인생에서
분명한 건

출생과 사망뿐…

기억

지나간
일들은

모두
과거사…

살림살이

살림살이는
살리는 삶입니다

죽임살이는
죽이는 삶이겠지요

참는 하루

참지 않는
하루가
어디 있으랴?

하루를 참아서
내일이
있는 것을…

노래처럼 그림처럼

노래는
악보대로 부르지만
그려내듯 불러야
듣기에 좋고

그림은
제멋대로 그리지만
노래하듯 그려야
보기에 좋지

인생은
때론 악보처럼
정해진 대로 살고
때론 그림처럼
자유롭게 사는 거라네

어렵구나!

양보받아 살면서
단한번의 양보가

이리도 어렵구나!

용서받아 살면서
단한번의 용서가

그리도 어렵구나!

신세지며 살면서
단한번의 배려가

이리도 어렵구나!

덕택으로 살면서
단한번의 베풂이

그리도 어렵구나!

인생은

내내 잘 돌아가다가
갑자기 서 버리는
선풍기같은 그런 거

고장 난 걸 고쳐 쓰기보다는
새 것으로 쓰는 게
더 경제적인 그런 거

끝이 있다는 걸 알고는 있으나
언제가 끝인 줄은
모르는 그런 거

날 때나 갈 때나
첫 경험이어서
늘 주저주저 맞이하는 그런 거

사용료

하루
늙음은

하루
사용료

복

지상에선
행복

하늘에선
명복

저항

언제쯤
나는

자신있게
저항할 수 있을까?

징검다리

징검다리 건너고 나니

그래도
고마운 건

흔들대며 버텨 준

바로
그 돌이었다

바쁨

내 나이 젊어선

일이 많아
바쁘더니

내 나이 들어선

일이 느려
바쁘구나!

일편단심

강물이
마른다고

바다마저
마르리?

찬바람
분다고

저 하늘이
흔들리리?

마무리

마무리가
되었으면

일 하신 것이고

마무리를
안했으면

일 내신 것이고…

작심삼일

너무 길다!
작심삼초!

표절

인생에는
표절이 없습니다

노인네

기분에만
충실하면

아직 어린애

현실에만
충실하면

벌써 노인네

등산

산으로 갑니다!
씻으러 갑니다!

두뇌에도 때가 있다!

산으로 갑니다!
버리러 갑니다!

두뇌에도 쓰레기가 있다!

기술

법으로
사는 기술은

법 기술

비벼서
사는 기술은

밥 기술

백일

아가야!
갈 길이 먼 거니?

많이도 온 나는
아쉽기만 하단다

인생

바/톤/터/치/

오늘

어제 때문에
너무
고민하지 마세요

오늘도
벅차시잖아요

내일 때문에
너무
걱정하지마세요

오늘도
모르시잖아요

청춘남녀

무엇으로
나는

저들만큼
사랑할 수 있을까?

어제, 오늘 그리고 내일

어제가 내게 물었어
'잘 견뎌 낸 거지?'

오늘이 내게 물었어
'잘 버텨 낼 거지?'

내일이 내게 물었어
'꼭 올 거지?'

늙음

살다가 문득 서러워지면
늙은 거다

외로움도 아니고 서운함도 아닌
뭐라 말할 수 없는
그런 서러움이

목젖까지 꾸역꾸역 차오르면
정말 늙은 거다

앓이

아무 이유없이 아프더냐?
그럼
마음이 아픈 거다

그저 속절없이 슬프더냐?
그럼
가슴이 에린 거다

하루

누구의 하루는
쌓는 하루

누구의 하루는
허무는 하루

배움

머리가 배워
뭘 하지요?

가슴이 식었는데…

용서

용서가
사랑보다

백배는
어렵더라

둘러보아

주위를 둘러보아
보이는 게 없으면
치열한 삶이요

주위를 둘러보아
할 일이 보이면
부지런한 삶이려니…

주위를 둘러보아
자연이 보이면
여유로운 삶이요

주위를 둘러보아
내 사랑이 보이면
보람 있는 삶이려니…

웃음 한 줄

나리 큰 일을
하랬더니
큰 일을
내는구나

줄

어려서는
줄 서기

자라서는
줄 대기

꼴

세상엔
못 볼 꼴 만큼이나

눈 감아야 할 꼴도
참- 많단다

들통

더
뻔뻔해지셨네요

들통나시더니…

사람

취/급/주/의/

흡연구역

위아래가 없는 곳

감당

메아리까지는
감당해야지

소리지른 사람이…

지옥

그토록 험하다는
지옥에도

인권은
있을까요?

편

약자 편에는
서셔도 됩니다

강자 편에서는
엎드려야겠지요

감옥

들/킨/자/들/의/집/

세상

세상은
깨끗해요

한 사람만 빼고…

너-

파리

날고 기고
핥고 비비다가

쉬익-
파리채 한방에 맞아 뒈졌다

빨아먹고
핥아먹고 비벼먹은
불룩 뱃대지!

뿌직 소리 아예 없이
터진 내장 추잡이
벽에 붙었다

날고 긴 파리의 끝은
교양이 없다

오타

새벽 총이 울렸네
새 아침이 밝았네

도덕/법/원칙

암만…

참 간지런 곳

입

돋보기를 끼면서

이제부터
저는

세상을
돋보기로 보렵니다

미친 시대

제 정신이
돌아오면

얼마나
웃길까?

인격

고백합니다!

저는
다중인격입니다!

인사

안녕하세요?
안녕하세요!

벽

누군-
넘지 못해 안달이고

누군-
넘지 못해 안심이고

당신 편

한두 명이
아닙니다

세 명입니다

우문

희생당한
소수가

다수의
비료일까?

파리똥

거짓말

제 말은
진실입니다

들키기 전까지만…

남과 북

북한은
공포정치

남한은
정치공포

당부

뵈는 거 없이
휘두르지 마세요

보이시면
어쩌시려고요

어리석음

새 친구를
얻으려

옛 친구를
버리리?

네거티브

돈보이려
깎아내다

되레
나만 깎였네

시설

평생을
갇혀 살았네

지구라는
수용시설에서

개구리

꿀벅지가 부럽구나!

방구

내 방구는
구수하고

네 방구는
구리다

나이 값

나이 질을
하고 나니

나이 값이
폭락했네

환장

덮어!
잔말 말고 덮어!

야! 빨리 덮어!
어쩌려고 그래?

야! 너-
누구 죽는 꼴 보고 싶어?

어이쿠!
이놈이 사람 잡네!

나리

큰 일을
하랬더니

큰 일을
내는구나!

보신각

종쳤다!
그만 싸워라!

비용

젊어서는
유흥비

늙어서는
의료비

빈틈

빈틈없이
사시나요?

그럼-
꽉! 막히신 건데…

피투성(被投性)

이런 줄 모르고
태어나

이럴 줄 모르고
살고 있구나!

법

모르는 자는
법대로

아는 자는
멋대로

동산에 올라

뒷동산에
올라서

앞동산을
바라보네

차이

어른이
조용하면

일 하는 중!

애들이
조용하면

일 내는 중!

꼭대기에서

산꼭대기
올라가

내려보면 압니다

내가 사는
밑바닥이

얼마나 멋진 지를…

딱 한 번

딱 한 번 -
우습게 생각마라

두번 다시 없는 게
한 번 뿐인 거다

비굴

아주
흔한

인간의
생존기술

배운 것들

속 배운 님들은
오간 데 없고

겉 배운 것들만이
가-득 들어찼구나!

연줄

연줄만
찾는구나!

줄도 없는
전화기로…

당쟁

여당도 이기고
야당도 이기고

국민만 지는 거…

복지사회

최고가 되던지
꼴찌가 되어야 합니다

최고는
스스로
먹고 살 수 있으며

꼴찌는
국가가 먹여줍니다

행복

다행
다복

더행
더복

다행이다

참
다행이다

용케도
살아남아

많이도
저질렀으니…

연습

이기는 연습

참
중요하지요

지는 연습

더
중요합니다

그냥

잊고서 살다가
그냥
잊혀지기로 하고

묻어서 살다가
그냥
묻혀지기로 하고

민주에게

민주야!
어디 갔니?

돌아오긴 하는 거니?

바보

바보는
천재가 아닙니다

천사입니다

산

산주(山主)는
산을 보고

지꺼라 하고

산은
산주(山主) 보고

종이라 하네

토끼와 거북

거북이는
달릴 때가 위험하고

토끼는
걸을 때가 위험하지

무식 무능

가장
무식한 사람은

협상을
모르는 사람이고

가장
무능한 사람은

타협이
없는 사람이지요

에어컨

너는
뜨겁구나!

나는
시원한데…

목표

꿩대신
닭을 잡고

이루었다
자랑하리?

재난 지원금

지금
우리 동네는

온통
고기 굽는 마을

파리채

너무 쎄게
치지 마세요

금방
후회합니다

기우(杞憂)

무겁게 사세요?

그럼…
가라앉을 텐데

가볍게 사세요?

그럼…
날아 갈 텐데

생각 지도

마음은
소신인생

몸은
묻어인생

돈벌이

너는
쓸려고 버니?

나는
갚으려고 버는데…

건방 건망

내 나이 젊어선
남을 믿지 못하고

내 나이 들어선
나를 믿지 못하네

꽃밭에서

아내는
꽃을 보고

나는
잡초를 보고

보험

사랑보장보험
마음보장보험
믿음보장보험

이런 보험
들고 싶다

먹고 살기

맛있게 먹고 멋있게 살며
맛나게 먹고 폼나게 살자

아껴서 먹고 귀하게 살며
고맙게 먹고 열심히 살자

최교수's 한줄세상

인생한줄 웃음한줄

3쇄 인쇄일 2022년 2월 28일
3쇄 발행일 2022년 2월 28일

지은이 최기창
펴낸이 장문정
펴낸곳 도서출판 그림책
주소 경기도 수원시 영통구 광교호수로45
전화 070 4105 8439
편집디자인 윤주태
인쇄 비전프린팅
출판등록 제2010-000001
ISBN 978-89-6706-367-2 00810

Published by 그림책 Co. Ltd. Printed in Korea